AF369603

LA
DERNIÈRE HYMNE
DE SANTEUIL

PAR

ALEXANDRE DE LAVERGNE.

----◆----

I

L'Abbaye de Saint-Victor (1697).

« Mes frères, je me fais vieux : soixante-six ans ! je reviens vivre à l'abbaye, je veux passer avec vous mes derniers jours dans la retraite, et expier ainsi les nombreux sujets de scandale qu'il m'est arrivé de donner au monde. »

Ainsi parlait, en se promenant sous les cloîtres de la vieille abbaye de Saint-Victor, par une belle soirée d'été de 1697, un vieillard au front large et chauve, aux yeux noirs, les joues creuses et le menton relevé, comme on l'observe assez fréquemment chez les gens qui se livrent aux excès de table ; il était revêtu du costume des chanoines réguliers de la congrégation de Saint-Victor ; mais l'expression de sa physionomie et toutes les habitudes extérieures de son corps contrastaient étrangement avec ce vêtement monastique. C'était le célèbre poëte Jean-Baptiste de Santeuil, qui a composé les plus belles hymnes sacrées qu'on ait jamais faites en l'honneur de la religion catholique, et qui a doté tant de monumens de Paris d'ingénieuses inscriptions; Santeuil, l'ami de tout ce qu'il y avait de grand à la cour de Louis XIV, par la naissance comme par le talent, et dont La Bruyère nous a légué un si charmant portrait sous le nom de Théodas.

Pendant qu'il parlait, on se pressait autour de lui pour entendre sa conversation tour à tour pétillante d'esprit, ou empreinte d'une naïveté presque enfantine; et il avait à répondre à vingt questions à la fois.

— Ah! lui disait le prieur, l'ordinaire de l'abbaye est bien frugal auprès de tous ces joyeux soupers dont vous étiez l'âme...

— Et qui me brisaient le corps. Par Bacchus! j'y renonce.

— Serment de païen! mon frère.

— Qu'importe, mon père, si je suis décidé à le tenir en chrétien!

— Oh! s'écriait un vieux chanoine, vous avez beau dire, vous ne pourrez résister aux prières de M. le prince, et je suis sûr que vous ne manquerez pas au prochain voyage de Chantilly.

— Si fait, je l'ai résolu.

— Quoi? quand bien même M. le duc de Bourbon, votre élève, que vous aimez tant, quand madame la duchesse, viendraient eux-mêmes vous chercher ici...

— Hélas! le cœur me saigne de renoncer à les voir, mais le soin de mon salut l'exige.

— Quel bonheur! Ainsi, vous allez vous consacrer entièrement à nous; vous nous ferez des hymnes, des inscriptions...

— Halte-là! ne me parlez plus de poésie : j'y ai renoncé. Ce n'est point à mon âge, quand le sang commence à se glacer, que les doigts deviennent tremblans, qu'il faut saisir les cordes de la lyre. A cet égard, mon parti est bien pris. Il ferait beau voir qu'on pût dire de moi ce qu'on a dit du bonhomme Corneille, après ses dernières tragédies. Cela ne sera pas, mes très chers frères, car, à partir de ce jour, je ne suis plus le poëte Santeuil, je vous en préviens, je suis tout bonnement le chanoine Santeuil, et je ne ferais pas un vers, quand il s'agirait d'acheter ainsi dix ans d'indulgence.

— Allons! allons! mon frère, calmez-vous, dit en riant le prieur, vous êtes plus jeune encore que vous ne pensez, et je suis bien sûr, moi, que vous changerez de résolution rien qu'en entendant les belles voix que nous avons au chœur.

— Moi, changer! mon père, je quitterais plutôt l'abbaye...

— Oh! pour cela, il ne le fera pas, murmura tout bas un envieux, comme il s'en trouve même sous le froc, au sein des cloîtres, c'est un refuge contre les créanciers. Quand le diable se fait vieux...

Si bas que ces paroles eussent été prononcées, elles n'échappèrent point à Santeuil, qui, sans donner à l'envieux chanoine le temps d'achever sa phrase, s'écria vivement :

— Le diable se fait ermite; mais je sais des ermites qui ont toujours été diables. En parlant ainsi, il fixa sur l'envieux un regard plein de malice. Celui-ci baissa la tête en rougissant. Tout le monde rit beaucoup de cette saillie.

Dans ce moment, un grand bruit se fit entendre sous le porche de l'abbaye; les grilles et les portes roulèrent avec fracas sur leurs gonds, et l'on vit de loin plusieurs frères lais accourir avec tous les signes extérieurs de la surprise et du respect.

— Qu'est-ce donc? s'écria le prieur; est-ce que par hasard la maison de Bourbon viendrait déjà réclamer son commensal?

Frappé de ces paroles, Santeuil n'en entendit pas davantage; et soit qu'il se fût souvenu fort à propos de ce grand principe des saintes Écritures, que le danger est pour celui qui l'affronte, soit plutôt qu'il sentît le besoin de s'affermir encore dans sa résolution, il se mit à fuir à toutes jambes, contrairement à toutes les lois du calme et de la gravité monastique.

Il n'était pas encore hors de vue, lorsqu'une riche chaise à porteurs, revêtue extérieurement d'armoiries épiscopales, parut à l'entrée du cloître, précédée et suivie de plusieurs membres du clergé et d'un grand nombre de serviteurs de l'abbaye, qui s'agenouillèrent dévotement lorsqu'elle s'arrêta. Alors on put voir le personnage qui occupait cette chaise, et qui n'était autre que monseigneur l'archevêque de Paris.

Les chanoines, leur prieur en tête, s'avancèrent respectueusement à sa rencontre, et l'aidèrent à descendre de sa chaise. Après que le prélat leur eut donné à tous sa bénédiction :

— Mes frères, dit-il en venant prendre place au milieu d'eux, je n'ai pas voulu passer devant l'abbaye de Saint-Victor sans venir vous visiter, et sans me réjouir avec vous d'une nouvelle qui a comblé mon cœur de joie. Est-il bien vrai que M. de Santeuil se soit repenti de l'irrégularité de sa vie, et qu'il rentre enfin au giron de la sainte Église? Oh! combien tous les amis de la religion seront ravis d'apprendre un tel changement!

Pendant qu'il parlait ainsi, on put remarquer que ses yeux, errant sur tous ces fronts inclinés devant lui, en cherchaient un qu'ils ne trouvaient pas : un léger nuage passa sur ses traits, et il s'écria :

— Où est donc M. de Santeuil? je ne le vois point.

Le prieur s'empressa d'expliquer le motif de la brusque disparition de Santeuil, et il ordonna en même temps à un frère lai de le chercher et de le prévenir que monseigneur l'archevêque de Paris désirait le voir.

Cependant les minutes s'écoulaient sans qu'on vît revenir le messager ni celui qu'il devait ramener; la conversation devenait de plus en plus languissante, et monseigneur, qui, pas plus que le roi d'alors, n'aimait à attendre, commençait à donner des signes évidens d'impatience. Enfin l'envoyé parut, mais il était seul.

— Est-ce que vous ne l'avez pas trouvé? lui cria le prieur du plus loin qu'il l'aperçut.

— Si fait, mon père, au fond du jardin.

— Eh bien! pourquoi ne l'avoir pas invité à vous suivre?

— Je l'ai fait, mon père, mais il était si occupé d'un oiseau mort qu'il venait de rencontrer à ses pieds, que d'abord il ne m'a pas répondu. Ce n'est qu'après lui avoir répété à plusieurs reprises que monseigneur l'archevêque désirait lui parler, qu'il m'a regardé et m'a dit...

— Mon Dieu, donnez-moi la patience, murmurèrent d'une commune voix l'archevêque et le prieur. Achevez, mon frère...

— Mon doux Jésus! je ne m'en souviens plus, mais je crois que c'était du latin.

— Est-ce là tout?

— Pardon, mon père : comme je le tirais par sa robe, pensant le déterminer à me suivre, il m'a échappé en faisant de grands gestes, et il m'a semblé l'avoir entendu s'écrier qu'il viendrait quand il aurait enterré son moineau; puis il a ajouté : « Quel dommage que j'aie renoncé à la poésie! j'aurais fait son épitaphe! »

À ces derniers mots, tous les chanoines se regardèrent, et eurent peine à réprimer un violent éclat de rire; mais le respect commandé par la présence de l'archevêque, et plus encore le vif mécontentement dont le visage du prélat portait l'empreinte, suffirent pour les arrêter. Ce mécontentement ne tarda pas à se trahir par des interjections assaisonnées d'apostrophes plus ou moins vives pendant que monseigneur arpentait à grands pas la cour du cloître, traînant à sa suite toute la communauté

de Saint-Victor, dont plusieurs membres avaient beaucoup de peine à le
suivre, en raison de leur grand âge.

— Allons ! s'écria-t-il, j'attendrai : il faut bien que les princes de l'Eglise fassent antichambre chez les simples moines, lorsque les grands de
la terre, lorsque les princes du sang en font leurs commensaux. Oh !
M. de Meaux avait bien raison de dire que, s'il eût été le supérieur de ce
moine, il l'aurait envoyé faire pénitence dans quelque lande inculte de
la Bretagne.

A peine l'archevêque avait prononcé ces dernières paroles, que celui
qui en était l'objet, apparaissant derrière un des piliers du cloître, se
trouva inopinément devant lui ; et, après l'avoir salué avec un visage où
perçait, à travers le respect et la bonhomie, un léger sentiment de raillerie :

— Monseigneur, dit-il, votre éminence sait-elle ce que ce moine répondit à M. de Meaux, et me permettra-t-elle de le lui apprendre, ou du
moins de le lui rappeler ?

— C'est inutile, mon frère, dit vivement le prieur, monseigneur vous
en dispense.

— Oh ! répartit Santeuil, si c'est un péché, mon père, laissez-moi m'en
accuser. J'ai dit à M. de Meaux que si j'étais, moi, son supérieur, je
l'aurais fait sortir de son beau château de Germigny, et envoyé dans l'île
de Pathmos pour y faire une nouvelle Apocalypse. Maintenant, monseigneur, je demande pardon à votre éminence de l'avoir fait attendre.

Ici, il y eut un grand silence ; chacun s'étonnant de la liberté avec laquelle Santeuil avait répondu au prélat et se demandant intérieurement
comment finirait cette entrevue. L'archevêque fronça légèrement le sourcil ; puis, comme il avait besoin de Santeuil, il fit une grimace que quelques uns traduisirent par un sourire, et il s'écria :

— Savez-vous, monsieur de Santeuil, que vous n'êtes pas seulement en
haute estime auprès de notre gracieux monarque ? vous avez encore pour
vous les souverains étrangers ; le roi et la reine d'Angleterre font le
plus grand cas de votre talent pour la poésie sacrée. LL. MM. m'en parlaient encore ce matin même à Saint-Germain.

Santeuil s'inclina.

— Vous ne travaillez plus depuis long-temps, et c'est vraiment dommage, vous faites de si belles hymnes !

Santeuil s'inclina de nouveau.

— Vous auriez une belle occasion de rentrer dans la carrière. Il se prépare à Notre-Dame une grande solennité religieuse à l'occasion de l'Assomption. Toute la cour y sera ; le roi Jacques a daigné me promettre d'y
venir avec la reine, sa femme ; ce sera un magnifique concours de personnes royales.

Santeuil fit un nouveau mouvement qu'on put interpréter par ces mots :
Je le crois bien. Mais ce n'était pas là le compte de monseigneur l'archevêque qui, voyant que le rusé chanoine gardait un silence obstiné, se détermina à rompre la glace par cette brusque apostrophe :

— J'ai annoncé hautement que nous aurions à cette occasion une nouvelle hymne de votre composition.

Il était impossible de laisser cette phrase sans réplique. Santeuil rougit, balbutia, puis prenant tout à coup son parti, il répondit assez résolument :

— Eh bien, monseigneur, votre éminence a eu tort.

Et comme le prélat le contemplait d'un air ébahi ; il ajouta :

— Oui, monseigneur, demandez à toute la communauté s'il n'est pas
vrai que je ne fais plus de vers. Tout ce que vous voudrez, excepté cela.
C'est un parti pris chez moi, un vœu que j'ai fait...

— Et dont je vous relève en vertu de mon autorité archiépiscopale.

— Mais moi, monseigneur, je ne m'en relève pas.

—Qu'est-ce à dire? murmura l'archevêque avec un dépit concentré dont il avait toutes les peines du monde à se rendre maître.

Puis, baissant la voix, et entraînant à part le poète récalcitrant.

— Voyons, monsieur de Santeuil, faites bien vos réflexions : j'ai annoncé au roi lui-même que nous aurions une hymne de vous : il me la faut, j'y attache un grand prix, et... tenez, je sais que votre bourse n'est pas très bien garnie dans ce moment ; fixez vous-même le prix de votre hymne, le trésor métropolitain est riche, ne vous gênez pas. Voulez-vous cinquante louis? Est-ce assez? Désirez-vous davantage?

Pendant que l'archevêque le pressait ainsi, Santeuil, les yeux baissés, gardait une contenance impassible. A la fin, il sembla faire un effort sur lui-même, et, après avoir promené sur son interlocuteur des regards empreints d'une naïve surprise, il répondit froidement :

— Monseigneur, votre éminence oublie que Jésus-Christ chassa les vendeurs hors du temple.

Ces derniers mots furent un coup de foudre pour le prélat; il devint pourpre de colère.

— Ah! vous refusez? s'écria-t-il. Au fait, je devais m'y attendre de la part d'un janséniste déguisé qui n'a pas craint de faire l'épitaphe du docteur Arnauld, d'un hérétique qui a osé mêler aux mystères de notre sainte foi les souvenirs licencieux du paganisme. Vous avez, toute votre vie, préféré les faux dieux aux saints du Paradis. Eh bien! qu'à l'heure de votre mort les faux dieux vous assistent!

Après avoir ainsi parlé, l'archevêque salua brusquement le prieur, et, ayant regagné sa chaise à porteurs dans laquelle il monta sans vouloir accepter aucune aide, il sortit précipitamment de l'abbaye.

II

Pressentiment.

Santeuil demeura atterré. Cet homme qui, par l'irrégularité de sa vie, avait jusqu'alors donné un démenti perpétuel à tous les devoirs que lui imposait l'habit dont il était revêtu, n'en avait pas moins conservé au sein de ses désordres un profond sentiment religieux qui, à cette époque même, venait de se raviver par une visite qu'il avait faite au célèbre monastère de la Trappe. C'est à la suite de cette visite qu'il était revenu dans sa communauté, avec l'intention d'y finir ses jours dans la retraite et dans la pénitence. La colère de l'archevêque, quelque injuste qu'elle fût dans son principe, l'affecta donc douloureusement. Les dernières paroles du prélat retentirent à son oreille, ainsi qu'une lugubre prophétie, et il demeura pendant quelques minutes immobile, la tête baissée, et comme accablé sous le poids des reproches qui venaient de le frapper.

Lorsqu'il sortit de cette espèce de léthargie, il se retrouva seul au milieu du cloître devenu silencieux et désert... Toute la communauté s'était dispersée : la nuit venait, et à travers cette brume transparente que produit le crépuscule du soir, il voyait par intervalles se glisser, le long des piliers, des ombres noires se dirigeant à pas lents vers l'église. Par un de ces instincts superstitieux dont une loi bizarre de notre nature semble faire, en quelque sorte, l'un des attributs du génie, Santeuil eut peur de l'isolement où il se trouvait. Un moment, il imagina que la malédiction épiscopale avait porté ses fruits, et que, comme ces moines réprouvés dont parlent les légendes, il était condamné à errer sans cesse au milieu de son couvent, séquestré à tout jamais du commerce de ses frères.

Mais le son des cloches, appelant la communauté à *l'angelus*, vint tout à coup le réveiller en sursaut, et le distraire de cette pensée. Il y a des heures dans la vie où le silence effraie et où l'âme accueille avec transport le moindre bruit matériel qui vient en interrompre la durée. Dans ce moment, le tintement mélancolique de l'airain parut à Santeuil une de ces joyeuses symphonies, accompagnemens obligés de tant de pompeux festins auxquels il avait assisté pendant quarante ans de son existence. Il marcha, et le bruit de ses pas se répercutant sur les dalles du cloître, eut pour lui tous les charmes d'une ineffable harmonie. Sa poitrine se dilata, et il respira avec bonheur l'air frais et pur d'une belle nuit d'été. Il y avait si long-temps que cela ne lui était arrivé ! Accoutumé comme il l'était à passer sa vie avec les grands dans leurs hôtels somptueux, la nuit pour lui, c'était l'heure où le pharaon s'épanouit à la lueur des bougies, jusqu'à ce qu'à l'ivresse du jeu vienne en succéder une autre, celle du festin. Oh! comme alors cette vie calme et paisible de l'abbaye lui parut préférable à toutes les agitations du monde! comme il savoura avec délices les bruits lointains de l'orgue que la brise du soir apportait par momens à son oreille! Que lui importait maintenant la colère de l'archevêque? N'avait-il pas assez fait dans sa vie pour la gloire? Il lui était bien permis de songer enfin au repos. Ce n'est pas la chaleur qu'on demande au soleil sur son déclin.

L'esprit rempli de ces consolantes pensées, Santeuil se dirigea vers l'église, où la communauté était déjà réunie depuis quelque temps. A cette heure, la lune venait de se lever, et ses rayons commençaient à s'étendre obliquement le long du cloître, sur les tombes de tous ces illustres morts couchés sous le pavé des dalles : Guillaume de Champeaux, le maître d'Abeilard, Hugues et Adam de Saint-Victor, et tant d'autres dont l'histoire a enregistré les noms. A la lueur de cet astre, Santeuil put lire distinctement ce beau vers latin inscrit sur chaque tombe :

> Quod fuimus nunc es : quod sumus istud eris.

Et il s'écria mélancoliquement : Oui, mes illustres maîtres, je suis ce que vous fûtes, et je dois être un jour ce que vous êtes... sera-ce bientôt? Oh! que Dieu me donne du moins le temps du repos et du repentir avant d'aller me réunir à vous !

En parlant ainsi, Santeuil était arrivé aux portes de l'église; l'orgue venait de faire entendre un majestueux prélude dont les notes sonores ébranlaient encore les vitraux, pendant que les voix des enfans de chœur. éclatant sur un ton plein de mélodie, chantaient, comme celles des anges dans le ciel, cette hymne admirable du soir :

> Labente jam solis rota
> Inclinat in noctem dies.

Santeuil s'arrêta pensif en écoutant ces accens. puis il lui échappa de dire avec un sentiment naïf d'orgueil : c'est pourtant moi qui ai fait ces beaux vers !

Pendant ce temps-là, les voix continuaient à chanter :

> Sic vita supremam cito
> Festinat ad metam gradu.

La mort vient vite, murmura le poète; la mort! d'où vient qu'en ce jour toutes mes pensées se tournent vers elle?..... Serait-ce donc un présage?

Et il s'avança sous le porche de l'église. Un homme en sortait dans ce

moment pâle, effaré, et avec tous les signes du désespoir. Cet homme se
jeta en pleurant aux genoux de Santeuil et s'écria :

— Ah ! je vous trouve donc enfin ! vous seul pouvez me sauver !

III

Maître et Valet.

L'homme qui venait de se jeter si brusquement aux pieds de Santeuil
était tout simplement son valet. Pierre (c'était son nom) était un de ces
êtres jadis moins rares qu'ils ne le sont devenus aujourd'hui, et qui pas-
sent leur vie à servir et à aimer un seul maître, dont ils se constituent
en quelque sorte l'ombre. Avant d'entrer au service de Santeuil, Pierre
était enfant de chœur à l'abbaye de Saint-Victor, et c'est là que, transporté d'admiration pour le talent du chanoine-poète dont on lui faisait
chanter les hymnes, il s'était, par une déduction logique, épris pour lui
d'un attachement tel, que bientôt l'unique objet de son ambition avait été
de devenir un jour le valet de chambre de M. de Santeuil. Une fois par-
venu à ce poste important, Pierre s'était si bien inféodé à son maître,
qu'il avait fini, dans son culte pour lui, par prendre non seulement ses
bonnes qualités, mais encore ses défauts. C'est assez dire que la vertu
dominante de Pierre n'était pas la tempérance : aussi lorsque Santeuil le
rencontra sous le porche de l'église, en proie à un si violent état d'exal-
tation, sa première pensée fut que son valet, avant de rentrer à l'abbaye,
avait voulu faire de solennels adieux à la bouteille ; et comme il le voyait
toujours à ses pieds, poussant des gémissemens et ne prononçant de
temps à autre que des mots inarticulés :

— Qu'est-ce donc, lui dit-il, en cherchant à dégager ses vêtemens de
ses vives étreintes, parle... t'expliqueras-tu à la fin ?

— Hélas ! monsieur, si vous saviez ce qui arrive !...

— Je le vois, parbleu, bien ! Allons, lâche-moi, il faut que j'entre à
l'église.

— Ah ! monsieur, c'est que j'ai grand besoin de vous...

— Tu veux dire de ton lit. Va te coucher bien vite, et laisse-moi.

— Non, monsieur ; il faut que vous m'entendiez d'abord.

— Tu me conteras tout cela demain.

— Oh ! c'est ce soir même ; demain il ne serait peut-être plus temps.

— Eh bien ! parle donc vite, je t'écoute.

— Mon bon maître, vous connaissez bien mon jeune frère dont je
payais l'apprentissage chez le joaillier de la cour, avec ce qui restait de
mes gages, vous savez qu'il allait passer ouvrier, avec un bon salaire, à
la Saint-Louis.

— Eh bien ! est-ce qu'il serait malade ?

— Hélas ! monsieur ; c'est pis que cela. Apprenez qu'il a été se faire
racoler ce matin sur le quai de la Ferraille.

— Que veux-tu que j'y fasse ?

— Oh ! c'est que vous ne savez pas encore ce qui l'a déterminé à agir
ainsi, le pauvre enfant ! Cela me fend le cœur, rien que d'y penser. Croi-
riez-vous que mon vieux père, qui est malade depuis plus d'un an, allait
être chassé du galetas qu'il occupe, et que son mobilier était déjà saisi et
sur le point d'être vendu sur la place du Châtelet, pour satisfaire ses
créanciers ? Que faire sans argent, sans crédit ? Notre père n'avait plus
qu'à s'en aller mourir à l'hôpital ; c'est bien dur, n'est-ce pas, monsieur ?
Aussi, mon frère n'a pu supporter cette idée-là, et il a préféré renoncer
à son état, et s'engager dans les troupes du roi, moyennant quatre-vingts

pistoles, dont les trois quarts ont servi à désintéresser les créanciers. Restent vingt pistoles; mais, avant qu'elles soient dépensées, notre malheureux père sera mort de chagrin ; car, est-ce qu'il pourrait vivre sans son fils, sans l'enfant de ses vieux jours?

— Mon pauvre Pierre, tout cela est très fâcheux, mais qu'attends-tu de moi?

— Ah! monsieur, vous qui êtes si bon, ne pourriez-vous pas m'avancer sur mes gages les soixante pistoles qui ont été dépensées? car il faut que j'aille trouver le racoleur et que je puisse lui rendre son argent, afin qu'il nous rende mon frère et que le pauvre vieux ne meure pas de douleur sur son grabat. C'est bien de l'argent que soixante pistoles, je le sais, mais si je m'engage à vous servir gratis le reste de mes jours, ne consentirez-vous pas à ce que je vous demande?

— Je le voudrais de grand cœur, mon bon Pierre, mais moi aussi je n'ai ni argent ni crédit. Les revenus de mon canonicat sont engagés ainsi que ma pension sur la cassette du roi, et ma bourse est vide.

— Ainsi plus d'espoir pour mon vieux père, il faut qu'il meure ; plus d'espoir pour mon frère , il faut qu'il soit soldat. Quel malheur! quel malheur! Ah! je sens que j'en mourrai aussi, moi, monsieur, et tout cela faute de soixante ou quatre-vingts pistoles!

— Hélas! mon cher Pierre, c'est justement la dernière somme que j'ai perdue au lansquenet, chez M. le Prince, et je la dois encore. Je suis gueux comme un rat d'église. Comment faire?

— Oui, monsieur, comment faire?

Et Santeuil se mit à marcher devant lui en se frappant le front, pendant que son valet consterné le suivait, en interrogeant de temps à autre d'un œil inquiet le visage de son maître qui exprimait toujours la même incertitude. Tout-à-coup, le bon chanoine s'arrêta, comme frappé d'une idée subite. Dans ce moment, les prières du soir étaient terminées, et la communauté sortait en masse de l'église. Santeuil s'en aperçut, et saisissant vivement le bras de son valet :

—Viens, suis-moi, dit-il, qu'on ne s'aperçoive pas que tu m'as fait manquer l'*angelus*, pour le premier jour de ma rentrée à l'abbaye. Montons dans ma cellule. Je pourrai peut-être encore vous rendre ton frère.

Une heure environ après cette entrevue, l'abbaye de Saint-Victor était plongée dans un profond sommeil, et l'on n'entendait plus le long des corridors que le bruit des pas du frère veilleur, qui allait psalmodiant son éternelle formule : « Il est onze heures, mes frères, dormez ou priez! » Cependant, à l'extérieur, les passans attardés qui longeaient le quai Saint-Victor auraient pu distinguer, à travers cette noire masse d'ombre projetée par les bâtimens du monastère, une cellule encore éclairée : c'était celle du chanoine Santeuil. Il veillait encore, lui, et il venait d'achever une lettre qu'il remit à son valet.

— Demain matin, s'écria-t-il en poussant un profond soupir, tu porteras ce message le plus secrètement possible à son adresse. C'est pour monseigneur l'archevêque. Ah! si tu savais ce qu'il m'en a coûté de l'écrire ! Pour toi, Pierre, je viole ma promesse ; que dis-je? je fais plus, je ruine peut-être ma réputation... mais enfin, c'est le seul moyen de racheter ton frère. Va-t'en, sauve-toi vite avec ce papier, pour que je ne sois pas tenté de te le reprendre et de le brûler.

Pour toute réponse, Pierre baisa avec effusion les deux mains de son maître et sortit. Peu après, la cellule de Santeuil rentra dans les ténèbres comme toutes les autres. Je ne sais s'il y pria, mais à coup sûr, tourmenté comme il l'était par l'idée du sacrifice que la bonté de son cœur venait de lui dicter, il ne dormit guère cette nuit-là.

La lettre qu'il avait écrite à l'archevêque était ainsi conçue :

« Monseigneur, une circonstance imprévue me met dans le cas d'accepter l'offre que votre éminence a bien voulu me faire. J'ai besoin d'une somme de huit cents livres environ ; si vous daigniez me l'envoyer par le porteur du présent, je m'engage à vous fournir en échange, pour la fête de l'Assomption, l'hymne que vous m'avez demandée. »

IV

Cauchemar.

Le jour commençait déjà à paraître, lorsque Santeuil parvint enfin à s'endormir. Pendant son sommeil, il fut en proie à toutes les bizarres visions du plus cruel cauchemar. Apollon lui apparut avec les Muses au sommet du mont Parnasse, lui faisant signe de la main de venir les joindre ; mais chaque fois qu'il essayait de gravir les flancs escarpés de la montagne, il lui semblait qu'au bout de quelques pas une puissance surhumaine paralysait l'effort de ses bras et de ses jambes, et le faisait rouler épuisé jusqu'au bas du Parnasse. Alors de grands éclats de rire retentissaient de tous côtés, et mille voix bourdonnaient à ses oreilles de sanglantes railleries. Plus d'une fois, honteux de sa déconvenue, il voulait fuir, mais, dans ce moment même, le voile de brume qui enveloppait tous les objets environnans venant à se dissiper, lui laissait apercevoir des milliers de têtes, les yeux fixés sur lui avec une expression de sauvage moquerie et lui barrant le passage. A la fin, toutes ces têtes se mirent en mouvement comme mêlées dans une ronde immense, et tournoyèrent devant lui avec une effrayante rapidité. Parmi elles, il crut reconnaître ses parens, ses amis, tous les chanoines de Saint-Victor, tout le clergé de la métropole et l'archevêque lui-même.

C'était, pendant qu'elles passaient, un effroyable concert de huées et de sifflets auquel venait se marier comme une basse continue le mugissement du gros bourdon de Notre-Dame : si ce cauchemar eût duré plus long-temps, Santeuil risquait fort de se réveiller sourd pour le reste de sa vie.

Heureusement pour lui, son valet entrant dans sa cellule le réveilla en sursaut. Il venait lui rendre compte du résultat du message qu'il avait porté à monseigneur l'archevêque de Paris.

— Hélas ! monsieur, s'écria cet homme, il y a quelque démon qui s'acharne après moi, c'est bien sûr.

— Est-ce que monseigneur refuse ? balbutia Santeuil, avec un sentiment de satisfaction dont il ne put se rendre maître et qu'il se reprocha ensuite.

— Non pas, monsieur, c'est une affaire conclue avec M. le grand-vicaire. Vous aurez non seulement les huit cents livres que vous demandez, mais vous en aurez encore quatre cents de plus.

— Que souhaites-tu donc de mieux ?

— Ah ! monsieur, nous ne les tenons pas encore les douze cents livres. Apprenez que monseigneur l'archevêque a donné l'ordre de ne vous les compter que quand vous aurez donné votre hymne.

— N'est-ce que cela ? mon pauvre Pierre, tranquillise-toi. Donne-moi une plume et de l'encre, tout ce qu'il faut pour écrire. Toi, va-t'en trouver le racoleur, demande-lui un peu de patience. Au lieu de huit cents livres, nous lui en donnerons mille, s'il le veut ; et quant à mon hymne, j'espère bien l'avoir terminée ce soir. Je ne sais, mais j'ai quelque chose-là qui me dit que malgré mes soixante-six ans, ce ne sera pas le plus mauvais de mes ouvrages.

— Soyez béni, ô le meilleur des maîtres ! Vous permettez que mon bon vieux père vienne avec mon frère vous remercier ce soir, n'est-ce pas ? Oh ! comme nous allons être heureux tous trois, et par vous encore ! Tenez, monsieur de Santeuil, vous êtes aussi grand que le roi et aussi bon que Dieu.

Après avoir ainsi parlé, Pierre sortit transporté de joie.

Il y avait à peine un quart d'heure qu'il avait quitté l'abbaye, lorsqu'on sonna vivement à la porte extérieure du monastère. Santeuil tressaillit comme si, dans les vibrations de la cloche, il eût reconnu quelque chose qui devait influer fatalement sur sa destinée, et il attendait avec une vive anxiété le moment de savoir si c'était bien à lui en effet qu'était destinée la visite annoncée par cette cloche. Il ne s'était point trompé à cet égard, et un frère lai ne tarda pas à venir lui annoncer qu'un gentilhomme de la maison de M. le duc de Bourbon demandait à l'entretenir au palais. Il s'habilla à la hâte, et descendit le cœur rempli d'un trouble mortel.

— Monsieur, lui dit en l'apercevant ce gentilhomme, Son Altesse désire vivement vous voir ce matin même, et m'a chargé d'avoir l'honneur de vous amener au palais.

— Je suis désolé, monsieur, reprit Santeuil avec plus de calme, de ne pouvoir me rendre aux vœux de monseigneur le duc : mais Son Altesse n'ignore pas que j'ai pris une résolution à laquelle je désire ne point manquer, celle de ne plus sortir de mon abbaye sans les plus graves motifs.

— Aussi, monsieur, est-ce un grave motif qui m'amène vers vous ; monseigneur est sérieusement malade.

Cette nouvelle inattendue, l'air de solennité et même de tristesse empreint sur les traits du messager, l'influence involontaire d'un sombre pressentiment, toutes ces causes réunies affectèrent vraiment Santeuil, qui s'empressa d'annoncer au gentilhomme qu'il était prêt à le suivre. Tous deux montèrent en carrosse à la porte de l'abbaye.

Chemin faisant, le chanoine crut devoir s'enquérir de la maladie de M. le duc. Il l'avait laissé si bien portant huit jours auparavant, qu'il ne pouvait se rendre compte d'un mal si subit. M. le duc, qui comptait à peine vingt-neuf ans alors, n'avait jamais, d'ailleurs, éprouvé dans sa vie la moindre indisposition. Le gentilhomme donna quelques détails, mais il avait l'air assez embarrassé, et ces détails étaient souvent contradictoires. C'est une remarque qui n'échappa pas à Santeuil, quoiqu'il fût, ainsi que la plupart des grands génies qui ont brillé dans la carrière des lettres, l'homme du monde le plus facile à tromper.

V

Voyage impromptu.

Arrivé au palais, il fut introduit dans une salle au rez-de-chaussée, pendant que le gentilhomme allait rendre compte de sa mission à monseigneur le duc de Bourbon, et s'informer si tout était en état de le recevoir. Cette salle donnait sur les cours du palais, et Santeuil n'eut pas plus tôt jeté les yeux en dehors, qu'il aperçut à travers les fenêtres un grand mouvement de gens qui allaient et venaient, portant des paquets, recevant ou transmettant des ordres, et paraissant tous en proie à la plus vive préoccupation. Qu'est-ce que cela signifie ? se dit-il en lui-même. Ce sont à coup sûr là des préparatifs de départ. Comment se fait-il que la maladie de M. le duc ne soit pas un obstacle ? Puis, se rappelant les réponses embarrassées du gentilhomme qui l'avait amené, l'espèce de solennité avec laquelle il venait d'être reçu, lui naguère l'un des familiers du palais, les chuchotemens des bas officiers à sa vue, il se demanda si tout cela ne cachait pas quelque funeste mystère. Peut-être le duc de Bourbon était plus malade qu'on avait osé le lui dire, peut-être se disposait-on déjà à quitter le palais dès qu'il aurait rendu l'âme. Frappé de cette pensée, le bon chanoine sentit une larme glisser au bord de sa paupière, et s'agenouilla involontairement pour prier Dieu de détourner un pareil malheur.

Cependant, en prêtant encore une oreille attentive, il eût pu distinguer dans la salle voisine un bruit différent de ceux qu'on recueille habituellement dans une maison mortuaire. C'étaient de joyeux éclats de voix se mêlant au cliquetis des verres et au bruit des fourchettes. Bientôt une porte latérale s'étant ouverte, le bruit prit une telle intensité, que Santeuil leva involontairement la tête, et alors il put voir distinctement devant lui un homme jeune encore, au teint olivâtre et de petite taille comme presque tous les Condés. Ce personnage, qui était en costume de voyage, portait en sautoir le grand cordon du Saint-Esprit, caché aux trois quarts sous une ample serviette de table tachée de vin, et tenait à la main un rouge-bord qu'il avala tout d'un trait. C'était le petit-fils du vainqueur de Rocroy, monseigneur le duc de Bourbon, prince de Condé, sixième du nom, gouverneur de Bourgogne et de Bresse, pair et grand-maître de France. Le chanoine et le prince se regardèrent quelque temps d'un air stupéfait; puis ce dernier, partant d'un violent éclat de rire, s'écria :

— Que faites-vous donc là, mon pauvre Santeuil?

— Vous le voyez, monseigneur, je prie pour vous. Vous n'êtes donc pas malade ?

— Pas plus que vous, mon ami. Pardonnez-moi une supercherie à laquelle je dois de vous posséder ici, et venez prendre votre place au festin où nous faisions de notre mieux en vous attendant.

Santeuil, un peu déconcerté, suivit le prince dans la salle à manger où il fut accueilli par de si vives acclamations, qu'il ne tarda pas à oublier, le verre en main, le tour qu'on lui avait joué.

Après les premières libations, le prince, qui l'avait fait placer à côté de lui, lui apprit le motif des apprêts dont il avait été témoin. Monseigneur partait ce jour même pour aller tenir les États de Bourgogne, et n'avait pas voulu quitter Paris sans embrasser son vieil ami le chanoine Santeuil, et faire avec lui un dernier repas.

— Comme je vais m'ennuyer à Dijon! ajouta le prince, avec ces gentillâtres et ces robins de haute et basse Bourgogne! Ah! je serais si heureux, mon bon Santeuil, si vous vouliez m'accompagner!

— Votre Altesse sait bien que c'est impossible, reprit Santeuil : et en quelle qualité, bon Dieu, voudriez-vous me faire figurer aux États ?

— Qu'à cela ne tienne : je vous fais mon aumônier.

— Vous oubliez, monseigneur, que je n'ai jamais dit une seule messe de ma vie. En conscience, ce serait commencer un peu tard, à soixante-six ans! Et puis, d'ailleurs, je ne suis plus de ce monde maintenant, je ne m'appartiens plus à moi-même, j'appartiens à l'abbaye de Saint-Victor, et, ajouta-t-il en rencontrant dans une des glaces de la salle son visage empourpré, je m'aperçois qu'il est temps que j'y rentre.

En disant ces derniers mots, il se leva en chancelant; mais le prince et tous les convives se récrièrent à la fois :

— Déjà? Eh' non, non, monsieur de Santeuil, vous ne nous quitterez pas ainsi; vous n'avez rien de si pressé qui vous rappelle à votre communauté.

À cet instant, une grande horloge placée à l'un des angles de la salle sonna trois heures. Santeuil secoua la tête comme s'il eût voulu ainsi chasser les fumées du vin qui commençaient à troubler son cerveau, et le souvenir de l'hymne qu'il avait promise lui revint tout à coup.

— Déjà trois heures! s'écria-t-il avec une douloureuse surprise : eh! je suis un misérable! Laissez-moi, messieurs, laissez-moi, de grâce : il faut que je retourne sur-le-champ à l'abbaye, c'est le plus sacré des de-

voirs qui m'y appelle. Adieu, monseigneur, adieu, messieurs, adieu tous;
je ne dois pas rester ici un quart d'heure de plus.

— Vous le voulez absolument, répartit le prince, après avoir fait un
signe à son maître-d'hôtel, eh bien! je ne vous retiens plus; mais vous ne
nous refuserez pas, j'espère, avant de nous séparer, de boire une dernière
fois à mon voyage.

Santeuil fit un geste d'assentiment et tendit son verre à un valet qui
se trouva placé derrière lui. Lorsqu'il eut bu, il reçut son chapeau des
mains de ce même valet, et se disposa à sortir.

— Vous trouverez en bas mon carrosse, lui dit le duc, après l'avoir
embrassé.

— Il n'en est pas besoin, répondit le chanoine; la chaleur commence à
tomber à cette heure, et il vaut mieux que je retourne à pied à l'abbaye.
Le grand air me fera du bien, car je me sens tout endormi.

A cette dernière parole, il y eut un regard rapidement échangé entre
plusieurs des convives.

— Je ne souffrirai pas que vous fassiez la route à pied, répartit vivement le duc. Qu'on fasse avancer mon carrosse au bas du perron!

—- Puisque vous le voulez absolument, monseigneur, je me rends à
votre désir, et adieu de rechef! Pensez quelquefois au chanoine Santeuil.

Après avoir dit ces mots, il sortit appuyé sur le bras d'un laquais, et
bientôt les cours du palais retentirent sous le galop des chevaux empor-
tant un carrosse avec rapidité.

. . . .

Dans la soirée de ce même jour, un homme pâle, les cheveux en désor
dre, se présenta au palais du duc de Bourbon, et demanda, avec le plus
grand trouble, à parler à M. de Santeuil.

— Il n'y a plus personne au palais, répondit le suisse. Tenez, voilà
qu'on charge le dernier fourgon. M. de Santeuil est parti avec monseigneur.

— Parti! parti!... Où donc est-il allé?

— A Dijon.

— Ah!... Et mon hymne? s'écria d'une voix perçante l'homme, qui
tomba évanoui.

VI

Dijon.

Lorsque le bon chanoine sortit du sommeil où l'ivresse, et peut-être
bien aussi une légère dose d'opium, l'avaient retenu plongé pendant plus
de vingt-quatre heures, il se trouva avec la plus grande surprise molle-
ment étendu dans une chaise longue au milieu d'une chambre qu'il ne
connaissait pas, et où un faible jour pénétrait à travers les fentes des vo-
lets intérieurs. Une porte était devant lui, il s'y traîna et chercha à l'ou-
vrir, mais s'apercevant qu'elle était fermée, il se mit à l'ébranler en criant
de toutes ses forces. Un valet accourut.

— Que vois-je? s'écria Santeuil avec effroi, en reconnaissant la livrée
du duc de Bourbon, je ne suis donc pas à l'abbaye?

— Non, monsieur, vous êtes chez monseigneur.

— Et pourquoi cela, bon Dieu?

— Comment, monsieur, répondit le valet auquel on avait fort bien fait
sa leçon, vous ne vous souvenez pas qu'au moment de monter en carrosse vous avez été pris d'un mal subit, et que nous avons été obligés
de vous transporter ici? Monseigneur était fort inquiet; heureusement

vous vous êtes endormi presque incontinent, et le médecin de S. A. a déclaré qu'il suffirait d'un peu de repos pour vous remettre tout à fait.

— Ah! je suis un grand misérable, murmura tout bas le chanoine ; c'est que j'aurai encore trop bu : j'avais pourtant bien promis... Puis il réfléchit un instant et s'écria : — Mais enfin il me semble bien avoir entendu distinctement pendant fort long-temps le bruit des roues du carrosse sur le pavé, et de temps à autre des claquemens de fouet.

— C'est que vous avez rêvé cela dans votre sommeil.

— C'est possible. Ai-je dormi long-temps ?

— Mais pas trop : deux ou trois heures au plus.

— Ah! Dieu soit loué! ainsi il n'est pas tard encore ?

— Certainement non. Il est à peine sept heures.

— C'est bien heureux. Je retourne bien vite à l'abbaye. Ce pauvre Pierre ! je suis sûr qu'il m'attend déjà et qu'il croit que son hymne est faite. Oh ! pour peu que je sois inspiré, j'ai peut-être encore le temps. Allons !

En parlant ainsi, Santeuil s'était dirigé vers la porte entr'ouverte et en atteignait déjà le seuil. Le valet s'élança au devant de lui pour le retenir. M. de Brissac, l'un des écuyers de M. le duc de Bourbon, parut à cet instant.

— Où courez-vous donc, mon cher monsieur de Santeuil ? s'écria le jeune gentilhomme. Je venais m'informer des nouvelles de votre santé de la part de S. A. Nous ne vous laisserons pas partir ainsi après vous avoir vu si malade.

— Malade ! moi ! repartit Santeuil ; c'est trop de politesse de votre part, monsieur de Brissac, d'employer un tel mot, j'en sais un autre qui conviendrait mieux. Au surplus il n'y a pas grand mal à ce qu'un chanoine cultive la vigne du Seigneur. C'est même son devoir, n'est-ce pas? Mais je suis fort pressé, je vous laisse, adieu. Je vous croyais parti avec monseigneur.

Brissac, fort embarrassé jusque-là pour retenir son homme, se raccrocha à ces derniers mots comme à une branche de salut.

— Il n'y a personne de parti, dit-il vivement, en saisissant le chanoine par son manteau, monseigneur est encore ici, nous y sommes tous. Pensez-vous que S. A. eût voulu s'éloigner quand elle vous savait malade dans son palais, mon cher monsieur de Santeuil? Non, mille fois non, apprenez que monseigneur a contremandé son départ.

— Contremandé !.... Pour moi !.... Ah ! je suis confus; veuillez dire à monseigneur que je suis beaucoup mieux, que ce ne sera rien..... Le jour baisse, je vous quitte à regret.

— Entre nous, monsieur de Santeuil, je crois qu'il serait bon que vous vissiez vous-même monseigneur..... Vous comprenez.....

— Fort bien. Marchez devant, je vous suis.

M. de Brissac ne bougea pas, Il était sous le coup d'une cruelle appréhension. Si Santeuil venait à sortir de la chambre où il se trouvait pendant qu'il faisait encore jour, il était impossible qu'il se crût encore au Palais-Bourbon. C'est un laborieux métier que celui de trompeur, alors même qu'on a affaire aux gens les plus crédules.

— Impossible maintenant, mon cher chanoine, reprit le jeune seigneur, de l'air le plus dégagé. Le roi vient d'arriver de Versailles, et a fait mander M. le duc. Ainsi, il faut vous résoudre à l'attendre.

— Alors, je m'en vais; car j'ai promis une hymne pour ce jour, et je n'en ai pas fait le premier vers.

— N'est-ce que cela? Qui vous empêche de travailler à votre hymne en attendant monseigneur? D'ailleurs, vous nous restez à souper, c'est chose convenue. Son Altesse compte sur vous : vous sentez que ce serait manquer de reconnaissance envers elle que d'agir autrement. Ainsi donc,

plus d'obstacle, et qu'Apollon vous soit en aide ! Cette chambre où vous
êtes va devenir précieuse maintenant. Je suis sûr qu'il en sortira un
chef-d'œuvre. Je vous salue, grand poète !

Après avoir débité cette tirade avec une excessive volubilité, M. de
Brissac, profitant de l'espèce d'ébahissement avec lequel son interlocuteur l'avait écouté, s'enfuit et ferma la porte à double tour. Cette action
rendit à Santeuil l'usage de ses facultés.

— Monsieur de Brissac! monsieur de Brissac! ouvrez-moi donc! s'é-
cria-t-il en seprécipitant à la porte. Pourquoi m'enfermer ainsi?

Et le dialogue suivant s'établit à travers le trou de la serrure.

— C'est pour que personne ne vienne vous déranger.

— A la bonne heure! Je reste ; mais faites-moi l'amitié d'envoyer qué-
rir mon valet à l'abbaye.

— C'est déjà fait.

— Et promettez-moi de ne pas chercher à me griser au souper?

Cette fois, il n'y eut point de réponse. M. de Brissac était déjà bien
loin.

VII

Dernier Banquet.

Voilà dix heures du soir qui sonnent à la cathédrale de Dijon. Le dénouement de cette comédie approche, triste et cruel dénouement que ce-
lui-là pour une comédie commencée si gaîment, la veille, au milieu des
libations et des éclats de rire d'un festin? Et pourtant, ni les libations,
ni les éclats de rire ne devaient lui manquer jusqu'à la fin.

Autour d'une table chargée d'une profusion de mets et de fleurs et
étincelante de bougies, sont assis, comme la veille, de joyeux convives,
au nombre desquels il en est trois que vous reconnaîtrez aisément ; c'est
monseigneur le duc de Bourbon, M. de Brissac et le chanoine Santeuil;
ce dernier se trouve placé entre les deux autres. Bien que la même bonhomie soit toujours empreinte sur son front, il est aisé de voir qu'un sentiment pénible, le doute ou un remords peut-être, y a tracé un pli qui,
aux yeux d'un observateur peu expérimenté, pourrait se confondre avec
les rides. De temps à autre, il promène autour de lui des regards étonnés
en voyant tous les convives s'abandonner à une hilarité telle que ses
meilleures saillies n'en ont jamais excitée, et il se penche vers son voisin
M. de Brissac, pour lui faire part de ses observations. Ce dernier est le
seul qui garde quelque sang-froid et qui soit en état de lui répondre, car
l'ivresse propagée par le rire commence à s'emparer de toutes les têtes,
et il est à craindre que bientôt quelque bouche indiscrète ne révèle au
pauvre chanoine la supercherie dont il a été victime. Déjà, lorsque Santeuil a exprimé sa surprise à l'aspect inusité pour lui de la salle du festin,
le duc de Bourbon n'a pu retenir un éclat de rire, en lui répondant :

— Je le crois bien, c'est une salle nouvelle que j'ai fait faire dans mon
palais tout exprès pour vous recevoir.

Un instant après, Santeuil s'étant retourné avec inquiétude pour demander à un laquais si son valet était arrivé, le jeune duc s'est écrié
étourdiment.

— Oui, certes, il est arrivé, et savez-vous ce qu'on m'apprend? c'est
qu'il a déjà bu dix bouteilles de vin à l'office, où j'avais recommandé de
le traiter avec les plus grands égards comme ayant l'honneur de vous
appartenir.

Et là-dessus, chacun de rire à gorge déployée, en admirant l'esprit inventif de monseigneur.

Pendant ce temps-là, Santeuil tout interdit ose à peine boire et manger. Cet homme d'un esprit si vif et si gai est devenu presque taciturne, et pourtant tous les jeunes seigneurs lui répètent à l'envi :

— Sur mon honneur, monsieur de Santeuil, vous n'avez jamais été si amusant que ce soir!

Vers la fin du souper, Brissac se lève, et après avoir réclamé le silence :

— Monseigneur et messieurs, dit-il, je vous propose de demander à M. de Santeuil de nous réciter certaine hymne qu'il vient de composer.

— Une nouvelle hymne de Santeuil! quel miracle! est-ce bien vrai ce que vous nous dites là, Brissac?

Et la motion est accueillie par des cris unanimes d'assentiment.

— Oui! oui! s'écrient les jeunes fous, nous répéterons en chœur chaque strophe.

— Y songez-vous, messieurs? reprend vivement le chanoine-poète, mêler des chants d'église aux refrains de l'orgie! D'ailleurs, c'est impossible, mon hymne n'est pas terminée; il me manque encore deux strophes.

— Raison de plus! mon vieil ami, s'écrie à son tour le jeune duc, il faudra que vous les improvisiez, entendez-vous? et pour cela, qu'on nous verse le champagne! Allons, à votre santé, cher chanoine, et maintenant je veux que vous me récitiez votre hymne. Si c'est un péché, mordieu, je le prends sur mon compte.

— Et nous aussi. L'hymne! l'hymne!

Tel est le cri qui retentit dans toute la salle : Santeuil n'a pas la force d'y résister ; il se lève, ses yeux s'animent, son large front rayonne, et alors, d'une voix inspirée, il commence à réciter les vers pleins de pompe et d'harmonie où il chante la miraculeuse assomption de la Vierge. Ses jeunes auditeurs, tous échappés depuis peu des bancs de l'Université, et encore sous le charme des doctes souvenirs du collége, recueillent avidement ces belles strophes, échos si purs et si merveilleux de la lyre antique. Aux cris tumultueux qui tout à l'heure ébranlaient les voûtes de la salle a succédé un religieux silence, tant est puissante la fascination qu'exerce le génie du poète. Santeuil s'était défié de sa vieillesse, et voilà que sa dernière hymne sera peut-être son chef-d'œuvre.

Lorsqu'il retombe enfin épuisé sur son siége, des bravos frénétiques éclatent de tous côtés autour de lui. Le duc de Bourbon se précipite dans ses bras, tous les convives se lèvent, l'entourent, l'étouffent de leurs enthousiastes accolades. Alors le bon chanoine est comme saisi d'un vertige ; sa tête se perd dans l'enivrement de son triomphe ; il pleure et il rit tour à tour, il demande qu'on lui verse du champagne, il chante, il extravague. Les rôles sont renversés maintenant, c'est lui qui est le fou, et les autres sont les sages.

— N'est-ce pas, messieurs, s'écrie-t-il, que les plus grands seigneurs de France se feraient honneur d'être mes porte-queue sur le Parnasse? Que sera-ce donc quand vous allez entendre mes deux dernières strophes.

Un rire universel accueillit cette présomptueuse exclamation.

— Allons! dit le jeune duc, encore un verre de champagne à M. de Santeuil, et il sera Dieu le père.

Pour toute réponse, Santeuil, après avoir avalé son verre d'un trait, improvise une nouvelle strophe plus riche encore que les précédentes, et les bravos recommencent avec plus de ferveur que jamais. Pourtant, cette fois, il est aisé de voir que les fumées du vin commencent à effacer dans tous les cerveaux le sentiment de la poésie, et qu'on n'applaudit plus déjà que de confiance. Au sein du tumulte, une voix, toujours la même voix, s'écrie :

— Encore un verre de champage à M. Santeuil!

— Et voilà, ajoute une autre voix, de quoi lui faire trouver sa dernière strophe!

Quelle était cette voix? Nul ne l'a su ; mais, en même temps, les valets virent circuler de main en main autour de la table une tabatière d'or, ouverte et remplie de tabac d'Espagne. Quand cette tabatière, qui portait sur son couvercle l'empreinte des armoiries de la maison de Bourbon, revint à son maître, elle était vide, bien qu'aucun des convives n'y eût porté ses doigts ; et, au milieu de tous les verres à long col, où pétillaient les mille globules transparentes du vin d'Aï, on en distinguait un plus terne que les autres, et comme rempli d'une poussière jaunâtre : c'était celui du chanoine Santeuil.

Ce dernier portait déjà ce verre à ses lèvres, au milieu des rires de toute l'assemblée, lorsqu'une des portes de la salle s'ouvrit avec fracas, et donna passage à un hôte fort inattendu. C'était Pierre. Cet homme, les cheveux hérissés, les yeux hagards, et le front baigné d'une sueur froide, vint se placer immobile comme un spectre devant son maître. Ses lèvres tremblaient, et c'est avec beaucoup de peine qu'il pût, mettant à profit la stupéfaction générale, articuler ces mots :

— Mon hymne! Votre promesse... Ah! monsieur, vous m'avez donc oublié! J'arrive de Paris pour chercher mon hymne, entendez-vous? Mon père et mon frère attendent...

Santeuil, fort surpris de cette brusque incartade, se tourna vers le duc, pour le prier d'excuser son valet. Puis il s'écria avec sa bonhomie habituelle :

— Mais, mon pauvre Pierre, ce n'est pas ici le lieu, en présence de monseigneur... Va-t'en, retire-toi, l'hymne est faite, moins la dernière strophe, il n'y a plus qu'à l'écrire ; c'est la moindre des choses.

— Vous me l'aviez promise hier, répondit Pierre en sanglotant, hier Paris, et je vous retrouve à Dijon.

A peine il avait prononcé cette parole que déjà, sur un signe du prince, les laquais s'étaient précipités sur lui en lui fermant la bouche, et que tous les convives s'écriaient :

— A la porte! à la porte! Cet homme est ivre.

Le malheureux fut ainsi, non sans peine, jeté hors de la salle, et l'on étouffa sa voix. Après son départ, Santeuil, profondément ému de cette scène de violence, dit au duc de Bourbon :

— J'espère, monseigneur, que vous daignerez pardonner à cet homme! le vin a troublé sa raison. Vous le voyez... il me croit à Dijon, et ajouta-t-il avec inquiétude, nous sommes bien à Paris, n'est-ce pas monseigneur? Ah! ce n'est pas vous qui auriez voulu vous moquer d'un pauvre vieillard qui vous a toujours aimé et respecté, et que votre famille honore de quelque amitié!

En parlant ainsi, le bon chanoine avait les larmes aux yeux. Le jeune duc, dont l'ivresse commençait à se dissiper sous l'influence de l'événement qui venait de se passer, lui tendit la main sans mot dire, puis se penchant vers un de ses courtisans :

— Il me semble, lui dit-il, qu'il est temps de mettre fin à toute cette comédie.

Pendant ce temps-là il ne s'aperçut pas que Santeuil avait ressaisi son verre, et qu'après l'avoir élevé au dessus de sa tête, en s'écriant : « Je bois une dernière fois à monseigneur, » il en avait rapidement avalé le contenu.

A peine l'infortuné eut-il bu le fatal breuvage, qu'il poussa un cri horrible qui glaça le rire sur toutes les lèvres, et qu'il se roula sur le plancher, dans d'atroces convulsions. A cet aspect, tous les convives se

levèrent dans le plus grand trouble, et s'empressèrent autour de la victime. Le prince parcourait la salle en se déchirant la poitrine et en se
frappant la tête contre les murs, pendant que les laquais couraient de
tous côtés chercher les médecins. Il en vint un enfin qui prescrivit
d'emporter le malade et de le coucher immédiatement pour qu'on pût
lui administrer les secours nécessaires, secours dont il crut devoir dé-
clarer que le résultat était fort douteux.

A cet instant, Santeuil eut la force de s'écrier, malgré ses intolérables
tortures :

— Pas ici ! pas ici ! je veux mourir dans mon abbaye.

A ces mots le jeune duc ne put maîtriser plus long-temps sa douleur.
Il fondit en larmes, et, se jetant aux genoux du moribond :

— Hélas ! lui dit-il, mon pauvre vieux maître, maudissez-moi, je
vous ai trompé, vous êtes à Dijon !...

Santeuil leva les yeux au ciel et poussa un profond soupir, puis il les
referma, sans pouvoir articuler une parole. On l'emporta dans la
chambre où il avait composé sa dernière hymne....

Le 10 août 1697 un carrosse de chasse, aux armes de la maison de
Bourbon, s'arrêta dans la soirée devant le beau porche gothique de
l'abbaye de St-Victor. Pierre en descendit le premier et franchit en silence
le seuil du monastère. Il se trouva alors face à face avec un des vicaires
de Notre-Dame, qui, l'ayant reconnu, l'arrêta et lui dit :

— Vous arrivez de Dijon : eh bien ! nous rapportez-vous enfin l'hymne
que nous a promise M. de Santeuil ?

— Non, répondit tristement le valet, mais je vous rapporte M. de
Santeuil lui-même.

En même temps, quatre porteurs s'avancèrent sous le porche, soute-
nant un coffre dans lequel se trouvaient les restes du malheureux chanoine, que, selon ses dernières intentions, on rapportait dans son abbaye. Toute la communauté était en ce moment à l'*angelus*. Les porteurs entrèrent dans le cloître ; et après l'avoir traversé, ils déposèrent
leur précieux fardeau aux portes de l'église. L'orgue éclatait alors, et
les voix des enfans de chœur chantaient, comme celles des anges dans le
ciel, ces deux vers de l'hymne du soir :

> Sic vita supremam cito
> Festinat ad metam gradu.

Huit jours auparavant, Santeuil s'était arrêté à cette même place où
gisait aujourd'hui son cadavre, pour écouter ces mêmes paroles. Il y
a donc des pressentimens !

La dépouille mortelle du chanoine-poète fut inhumée dans le cloître
de l'abbaye, non loin de celle de Guillaume de Champeaux. On pouvait
y voir encore sa tombe avant la révolution.

Le père de Pierre était mort de douleur en apprenant que Santeuil était
parti pour Dijon sans avoir accompli sa promesse. Quant à son jeune
frère, forcé de rejoindre immédiatement son régiment en Hollande, il y
fut tué dans la première escarmouche.

Ainsi, pour amuser monseigneur le duc de Bourbon, il en avait
coûté la vie à trois personnes.

FIN.

TABLE DES MATIÈRES.

L'AINÉ DE LA FAMILLE.

PREMIÈRE PARTIE.

DEUXIÈME PARTIE.

LA DERNIÈRE HYMNE DE SANTEUIL.

FIN DE LA TABLE.